歌集

水の月

川田由布子

六花書林

水の月 * 目次

I（2008—2014）

Ⅲ（２０２０―）

水の月

装幀　真田幸治

I

（2008—2014）

清澄通り

深川の動脈として清澄通り初夏は山法師の白をかかげる

タクシーより降りて大地を踏みしめる高見盛の全身全霊

裄丈と着丈わずかに短きを愛嬌となす高見盛は

「江戸屋」のTシャツを着るダンディズム　髭《くちひげ》のポスドクである

おりおりの雨をさびしく待てりけり西深川橋のシーラカンスは

必要とされるとき待つ消しゴムの楽天を日々愛しやまざり

伊東屋にコクヨのキャンパスノート買い丸善に行き小銭入れ買う

昼たけて泰山木の動かざり大輪純白おおぞらの花

糺の森

雨あがりの糺の森にひかり降り木木は光にさばかれて立つ

鷹ヶ峰鷲ヶ峰天ヶ峰　紙屋川より立ち上がるがに

今にのこる源光庵の血天井　忠臣としての鳥居元忠

懺悔とも改心ともつかぬ心もて鬼子母尊神像に礼する

美しき人の気配のうつくしさ東福寺八相の庭のしじまに

今日の五条大橋すずろ夕暮れて京都市営バスに乗り込む

京野菜京の漬物うすぐらき店舗に老女は坐して商う

せせらぎの聞こゆる宿に目覚めればこの日を引き受けゆく覚悟あり

豆腐のように

「信仰は豆腐のようになることです」法会ののちに住職宣う
帰りしなにさらにひとこと住職言う「女は特に豆腐のように」

住職のうしろ姿に深き礼大正生まれの小さき母は

世知なくば世知辛き世も無きごとし花大根の紫十字

若き日は若きに倦みて老いたれば老いを嘆きて　白山桜

軽快に川鵜潜きてしばらくは桜と水の量落ちつかす

白昼の楽ともなりて揺れやまぬ万朶のさくらに存分はあり

遠来の客は東北訛りにてなにやらやさし一張りの月

昼行灯

わるものと呼ばれて恃むもののなきエチゼンクラゲの天敵はカワハギ

峰雲を端然としてつらぬける二本マストの明治丸はも

フラスコの美しき首真夜中も月のひかりに神のごとあり

ホルマリン固定をされて瓶に棲む行灯水母の昼行灯

そっと掌をおくように降る海雪の太平洋になるまでを見つ

赤坂

赤坂の夜の時間というべきか地下一階のセロニアス・モンク

おだやかなピアノソロにてステージに散りはじめたり夕日の「紅葉」

バリトンサックス長島何某　知のある人の音を生み出す

第二ステージ終わりしのちの赤坂の坂上に細き月はかかりて

駅

「森下のアナン」とひそかにわが呼びしホームレスおり真昼の駅に

近頃はトンと見るなき「森下のアナン」駅構内の照明増えて

無人駅となりたる駅に降り立てば小さき母が手を振りて待つ

お揃いのアーガイルチェックのセーターの近づくが見ゆ父と子らしき

おたがいに歳重ねても嬉しきは「おさななじみ」というあまやかさ

十字路をついとわたれば弓張の月に空より誰何されたり

一筋の光とよぎる夕燕身をよじらせて少年目に追う

菜の花の黄の明るみにまぎれしか認知症のひととヘルパー

余白

誰がくれしか千枚通しは引越しの荷物の底にひたと潜める

風強きに飛行上手なひよどりの来て楽しきよ桜五分咲き

診察室の医師の白衣も明るくて新年度なるをふと思いたり

誰がために咲く木蓮と思わねどランドセルの子も身を反らす

影踏みてゆく海辺橋芭蕉翁の背にさんさんと五月のひかり

心持急ぐがに降れる今朝の雨そこにとどまり咲く花水木

夜に入りてしばし眠れずしかれども時の余白も良いものである

黒南風にひかれゆく雲飽かず見て縁側に居りひとり居の母

ファミレスを出でて数歩の道端の蛍袋の六つの灯り

身を反らす鮎の一尾のもてなしに青葉影落つ　そろそろ雨か

読了までダリア園で過ごしますカズオ・イシグロ『日の名残り』手に

曳航

病得てしずかな老いを重ねゆく母の昼寝は清しくありぬ

人間の身体の六十パーセントは水分　夜の点滴に母はうるおう

ゆうぐれは神の褒美のごと来たりこけしの眉を撫でいる母に

しらじらと夜のベッドは浮き出でて母の鼻梁の高き影置く

花とも見ゆる白き額はきわだてり臨終にならぶ親族《うから》の真中

午後の海に曳航されてゆくごとしおだやかな死を母は賜いて

逝きましし人は知らねど秋きざす隣の庭にも咲く曼殊沙華

丁寧な言葉遣いをくずすなく逝きたりしこと畏れつつ思《も》う

隠し事あるやも知れぬ思い出の小抽斗なり残照の入る

初列風切

立春の朝のひかりにずぶ濡れて鷗の滑空わが意思を統ぶ

小名木川照る日曇る日おだやかに昼の鷗を遊ばせている

双眼鏡のなかを真直ぐに来るかもめ本日晴天なるを喜び

小型漁船につかず離れず飛ぶかもめ初列風切ためらいあらぬ

時ならぬ雪降りきたり昼と夜の境分かたず降る春の雪

川沿いの桜もやがて芽吹くだろう鴨の来て影をおとせり

この夜の空にまぎれず六日月手をおく母の肩いまはなく

雲の厚さに攻めこまれいる深川の小体な店に甘酒を買う

海境の町

海境の町にさみしく大漁旗破れて垂れて風に吹かれて
一天の紺に冴ゆれば尖塔は高きにありて風の春なり

午後三時少し前にて止まりしまま壁時計の三月十一日

誰もみな寝静まる夜の水のおと低く流れて隅田川という

海あふれ大河もあふれ行き先の見えなくなりぬ卯の花腐し

曇天下耐えて律して開ききる鉄線花は紫がいい

新月のマリアナ海嶺南側にてニホンウナギの産卵はあり

水の月

墨堤をそぞろ歩けば水あかり夫婦のかたちがやわらかくなる

東雲のさくらもみじの下を来る新聞配達人のあかるさ

揺れのなか棚より落ちる歌集歌書おもいがけなき軽さを見せて

天鵞絨のあかき座面に日はのびて母の遺しし椅子を温む

あたたかな正月二日ひよどりの鳴く声の下だるまを選ぶ

あたらしき年の市にて買いきたるだるまに目入れす向かって右の目

明けてゆく町の東に路地ありて明治牛乳二本が置かる

けんめいに牛乳を飲む学童の小さき喉に牛乳似合う

川の町に住みいて見れど飽かぬ月は水の月なり美しき月

河口よりひたひたと来る波頭すこし遅れて浚渫船来る

降る雨の大川端の芭蕉句碑一礼をしてその前を過ぐ

郡上

トンネルは入るよし出るよし長良川鉄道一輛はずみつつゆく

風うけて郡上の町を練り歩くこども御輿の角付けめでたし

四月尽広がる雲の雄雄しけれ天蓋としてこの地を守る

惜しむなき時のなだりに咲く射干の去年も今年も恙無きこと

海に注ぐ水はちからをたくわえて川を脱ぎゆく葉桜の下

祭囃子

片陰を拾いつつゆく寺町の上りの坂に咲く百日紅

来世にわれらを待ちいるもののごと菱刈舟のただ静けくて

ベランダに秋の風来てジーンズとTシャツ一枚みるみる太らす

門前の通りに小店「犬連れている人専用」の看板あたらし

ひさかたの鰯雲をいただきてベンチに眠る三毛の老猫

ツチクジラのシーズン過ぎし和田漁港祭囃子は近くにきこゆ

「御祭禮」の提灯さがる集会所ぽつりぽつりと人集まり来

十月の和田浦駅の構内にあふれて法被の老老男女

二之橋

両国へいそぐ日の暮れ　前をゆく母と子追いこし二之橋わたる

両国駅まで五、六分「喜久屋足袋」の大きな看板下ろされていて

両国橋わたる車の音吸われますます高し十三夜月

スーパーの跡地にスーパー開店す五店目にしてスーパー明るし

文房具にはあらぬパソコンわが机上の特等席に鎮座しており

いただきし蒲鉾ふたつ紅白になかよく並ぶその目出度さに

雪しまく門前仲町　ふらふらと行く自転車をわが追い越して

ひさかたの天を翔けんと肢あげる神馬像にながく気づかず

今にして思えば最後の場所だった一月場所へむかう高見盛

寒風の夕のスーパーざんぎりの若き力士は浴衣姿で

新入社員

入社式に向かう男性社員ならん細きラペルのスーツ着こなす

右側のフラップ少しはみ出すを見ているうちにわが降車駅

ポケットチーフ誰より目立つアナウンサー桜並木を背景として

サイドベンツの大きな乱れを気にもせず恰幅良き人わが前を行く

焼き鳥の串を並べて飲む客の時代遅れのショルダーライン

丸眼鏡ののび太顔なる販売員ときどき眉間にあおすじが浮く

朝な朝な入念に髪を整えて出社する若者の特集記事、読む

大和にて

連なれる甍のうえのしろたえの雲の重畳いまの気分は

畏れつつも晴れ晴れあけし空の下再建されたる大極殿あり

おりおりに雨降りくれば身体ごと低くしてゆく斑鳩の里

金魚養殖さかんな大和郡山おしゃべり運転手のタクシーにて過ぐ

法隆寺夢殿にして無遠慮に出入りしている燕のつがい

彩色をまといていし日をしのばせて十二神将等しく立てり

会いに来てこの上もなき笑みに会う日光菩薩月光菩薩

あおによし奈良にほどよき三階建て「かんぽの宿」に内風呂はなし

桃印燐寸

月の出のなき空ふかきに吸われそう認知症なる人の清浄

つぎつぎと運ばれてくる急患はまずトリアージ室に入れらる

音とともにドクターヘリの近づけば一部始終をじっと見ている

ときに巫女　姿勢ただして看護師は一直線に家族を導く

雲行きのあやしき空へと離陸するドクターヘリの構え小さし

桃印燐寸をすれば三本の手が伸びどの手も線香を持つ

線香は一本でよいと言わるるも二本立てるがわれの習慣

桃印徳用燐寸仏壇のまえに置かれしままに一年

彼岸よりしばし戻れる祖の御霊安らかなると思えぬもあり

リビングに椅子の一脚あかるくて椅子は主の不在知らしむ

夜が来て肩身の狭きもののごと遠慮しはじむ和室の座椅子

ひかり

ふゆざくら高く咲けるを見あげつつゆけば光の両国国技館

前頭遠藤関とすれ違いしは、そう、あかねさす昼日中なる

猫柳の猫の部分をかがやかせ控えめに降る春のひかりは

春の橋のたもとに白い自転車と一体化して立つ警察官

花筏をいたわるように近づきて速度を落とす屋形船なり

カメの背に乗るカメの背に日は射して亀戸天神四月吉日

みじかかる藤のはなふさ風を呼びしきりにわれを招きやまざる

開店と同時に一人が吸われゆく新装の「髪切屋やまぐち」

狛犬

阿吽の「阿」のほうの狛犬この夏の運気をふかく吸いこんでおり

健康な手に分けられて壮んなりその燃ゆる赤の檜扇水仙

日照り雨ゆきて一気に重さます空気を裂きて鳩飛び立てり

有機栽培なるシール付けデパ地下の野菜売場に野菜はひかる

ＴＶ画面の台風情報に釘付けの頭がならぶ医院待合室

頤の細くとがれる青年の隣にすわれば清潔はあり

水の月欠けつつ炎立ちゆくを見せて皆既月食の川

II

（2015—2019）

都営バス

橋越えてふくらみながらやって来る都営バスには日の丸の旗

待ち合わせ場所はバス停杖つきて帽子かぶりて友は来ており

橋越えて来し都営バスのステップをのぼりて橋三つ先の町まで

いわずともよきこと言えば歳晩の深川ゑんまさまの真裸

天《あめ》の下知らしめすごと白梅の咲ききりて今朝の湯島天神

あかねさす陽のやわらかな神保町トレンチコートをざっくりと着て

去年今年貫く棒のありやなし　みかんを山と卓上に積む

遠景近景

遠景にスカイツリー近景は小名木川水門　朝に見、夜に見る

キチ、キチと遠く近くに聞こえおり秘密基地なら行ってみたきに

突き出でしビニール傘の黒骨のかなしきまでに梅雨晴れの昼

所用すませ駅への道の白金の桑原坂に初夏の陽はあり

曇り日の朝の水門風切をはげましながら鷗は飛び来

午後五時の時報に今日も吠え立てる江口さんちのゴールデンレトリーバー

橋のたもとに昼顔あまた咲《ひら》きいてシルバーカーの人も見ており

しんじたいと入力すれば「信じたい」と変換されてくる新事態

ほたるぶくろ

ひんがしの空より明けて届きたる朝刊に大き白抜きの文字

安保法案可決をテレビに見て聴きて　朝のコーヒー手早く淹れる

安保安倍安保安倍ととなえれば安倍法案となる安保法案

新聞に安保法制読む夜のあの世この世に鳴くあまがえる

若くして逝きしおとうとの祥月命日ほたるぶくろに降る雨あがる

古ぼけた将棋の盤と駒と棋譜亡きおとうとの遺品のすべて

納沙布の旅行写真のサングラスわれが買いたるサングラスなり

戦争は起こらなかったと話しかく三十七回忌の遺影のまえで

引退試合

打者ひとり三球のみにて降板せし山本昌の引退試合

何もかも正しいような物言いでばっさり切らるる団塊世代

客人としてひと月を預かりし仔猫もらわれ立冬に入る

左足で高く蹴りたるハイパント試合は一気に動きはじめた

芝の上の闘いここに決するとボールめがけてゴールを狙う

歓声よりのがるるように目を閉じるノーサイドの合図のあとは

小春日の午後の遊具のけがれなさ母と子ふたりだけの公園

幟旗

この雲がゆけば快晴　両国に相撲幟の立つ日は来たる

両国の空に咲きそむふゆざくら一月場所は開幕したり

両国の風にはためく幟旗人気力士にまじりて十両

若水をくめば水仙りりしくて竹筒をさえ匂い立たすも

新年を祝う親族《うから》の知らぬ間に備前のぐい呑みそと置かれあり

曇天にのびる電線まるまると雀の腹をならべて健気

年明けに白寿を迎えし伯母逝きて刀自命《とじのみこと》となりたまいけり

江東のビルの上空飛びつづけ点と消えたり鵜のただ一羽

なお残る寒さのなかに列はあり新装開店の「東京コッペパン」

「重盛」の人形焼の箱詰はいたく行儀のよき並びなり

五月闇

ひかえめに「江戸切子」なる看板の灯りて町に五月闇来たり

梅雨入りすも曇りのち晴れ小名木川にカヌー二艘の並走は見ゆ

空に空　今朝は明るくひらかれて成田にむかう飛行機一機

山法師いただく町の並木道スーパーまでが楽しくなりぬ

わが前にすわる初老の男《ひと》の耳なに聞き来しか大きなる耳

秋のなかに

強風に耐えいるごとき東京湾のアクアラインはライフラインぞ

乾坤のあわいに浮かぶアクアライン亀田病院経由のバス行く

仏滅は勝負なしの日ニイニイゼミの死骸をもちさる嘴太鴉

秋のなかにふかく沈んでゆくようにバウムクーヘンにナイフが入る

この上なき九月の海のかがやきに外国籍の貨物船浮く

白萩のほろとこぼるる墓のまえ並びて大小の合掌はあり

橋多き町に住みおり五分ほど歩けば橋の三つ四つに会う

仁徳さんの崩御の歳を越えたよと「古事記」の菅野先生自慢気

実用洋食

榮太樓飴を一缶いただきて今に伝わる江戸を味わう

大根は高いねと話しかけられて大根買わずに白菜を買う

朝食のしらすに混じる幼生は甲殻類のめでたき赤さ

わが遠つ御祖のまえに居住まいを正せばすなわち年あらたまる

わが町の実用洋食「七福」は建て替えられてもわが町にあり

セルフレジに変わりていたるスーパーにオリーブオイル二本を買いぬ

寒鰤を無駄なくさばきて横たわるマイ庖丁は関孫六

ももいろの三分間用砂時計使いし記憶なきままももいろ

根付

信号をわれのとなりに待つ力士帯に下げたる根付がしぶい

自転車で買い物に来る新弟子ふたり鬢付け油にTシャツ短パン

春の塩　計量スプーンにかがやくをパスタのために投入したり

まぼろしの邪馬台国を思うなく銀座「卑弥呼」に靴二足買う

遊歩道に復活したるドッグラン飼い主ばかりを追う小型犬

小名木川護岸工事は半ばにてセグロカモメがじっとしている

長屋ラーメン熊八に聞く志ん生の声のくぐもり今日は楽しむ

久々に客とし迎える人のため古田織部の湯呑み一客

高島俊男著『座右の名文』十人目斎藤茂吉の「接吻」を読む

名にし負う福島沖のメバルにてことさら大きくまなこを張りぬ

夜光虫

夢ならぬうつつの闇の夜光虫さねさし相模の海に光れる

降りては止みまた降り出だす雨の日は清澄庭園に亀を見にゆく

背に雨のあたるも亀は動かざるを庭園の池にたしかめている

海猫の町とよばるる日もあらん向かいのビルが塒と聞けば

サニブラウン・ハキーム選手が一等賞明治にはじまる日本の徒競走《かけっこ》

おとなりの猫は三毛猫いつだってうたぐりぶかき目でわれを見る

つのだ☆ひろを聞きつつ昼をひとりなり積乱雲がゆっくりそだつ

お中元で届けられたる「森伊蔵」箱入りのまま愛でられており

帰宅したばかりの狭き玄関に桃の届きて桃の夜となる

何をどう聞かれようとも言わぬが花　江戸風鈴がちりりりんと鳴る

区民祭りのメインイベントさっそうと現れてくる木場の川並

鼠志野

ご家庭のお味をお椀に閉じ込める　元旦はそのめでたさにあり

食器棚の奥にしまいて忘れいし皿いちまいは鼠志野なり

善光寺参道に買いし鼠志野とりだしてきてつくづくと愛む

春来れば万葉人も摘みたるという田の芹はおひたしにして

いっせいに鳴りだしそうな花馬酔木予報はずれて雨降り出だす

小走りに女性ふたりが消えゆきて江戸資料館通りに時雨

ちいさなる院外処方の降圧剤入れる薬袋《みない》も白き輝き

鉛筆はＨＢが好き削るのは手動鉛筆削りにかぎる

キッチンにあるかなきかの影を置くバルサミコ酢が今夜の主役

外階段

足音がすこし遅れてついてくる外階段のたそがれどきなり

あの日から嫌いになったおもてなし公園に白き梅咲きはじむ

現職が敗れた名護の市長選　ひきよせて読む桃原邑子『沖縄』

「沖縄の歌は死ぬまでやめません」桃原邑子の声がきこえる

金の目で黒い体で白い翼和名キンクロハジロが遊ぶ

お通しの小鉢は独活の酢味噌和え何年振りかの椎名町にて

大掃除でまぼろしのごと出できたるは鮎川信夫のペン字のはがき

鮎川信夫のペン字は結構達者なりブルーブラックのインクが滲む

雨の京

石仏はおのもおのもに苔生せり昼をはさんでまた雨の京

深く礼するは外国人観光客　常寂光寺に時の鐘鳴る

雨傘の重なる参道足もとにほたるぶくろの鐘を見つけた

夕されば
なべて空《くう》なり灯を分けて足取り軽くゆく先斗町

おばんざい京の時間に炊かれしを夜のカウンター越しに出ださる

鳥居本の茶屋でだされた桜餅ふたつは無理よと言いつつも食ぶ

千代萩

小樽では自転車の人ついに見ず運河までゆく平らかな道

見渡せばゆたにたゆたに波寄せて塩屋の海はすでに夏なり

あいにくの雨の積丹半島にたれもたれもが蝦夷乳《えぞにゅう》を愛づ

ゆかしくて千代萩《せんだいはぎ》のむらさきを雨に見ておりタクシー待たせて

名にしおう神威岬に聞く声はまだ拙くて稚きうぐいす

そば屋出てゆるゆる行けば夏の雨門前町を濡らしはじめる

風なくて北一硝子の風鈴のふくろうに暑きひと日となりぬ

共通の理解を理解せんとして気づかれぬようひらく二つ耳

石榴と無花果

楊貴妃のこのみし柘榴裂け目より我の知らない時間がこぼる

命日の空の雨雲まっすぐに母の卒塔婆を濡らしてゆけり

今日買うは供花と線香亡き母の生れし日にして震災記念日

クリニックの隣は空き地で都有地でえのころぐさがバッサリ刈らる

寛政に女敵討ちありしという猿子橋跡　日が陰りゆく

たっぷりの時間に居るはやさしかり澄んだ眼をしてわれに来る亀

亀の眼のまるき二つに見つめられ見つめかえせば瞬きをせり

夕風のたまる石道踏みながらゆけば見えくる「深川めし」の灯

この朝のニュースにて知る輪島の死団塊世代がまた一人逝く

つつしみの不老長寿のかたちなり下より順に実る無花果

夜を

「枕もとに夜をおいてきちゃって」歌う知久寿焼の夜をおもうも

葉取らずの林檎は良くて　就中つがるとふじは評判どおり

厚焼きのホットケーキを売りにして小野珈琲は朝から書き入れ

曇りたる眼鏡を拭きて歩きだせば雨の歩道がまっすぐ伸びる

傘をさすまでもなき雨降りていて椿の深いところに届く

岸辺

川なかを曳航されゆく船ありて岸辺に水が膨らんでくる

すこしだけ湿る川原友人と連れ立つ午後のなんとおだやか

橋の上に眺めてあれば川の水ひとすじごとの流れにやある

立春の首にふれゆく風のありトレンチコートの釦外せば

告別式というには明るき空の上一羽の鳶のえがく大き輪

不意を衝く夕鳥のこえ大川の水の流れに逆らうように

逸りつつ落ちゆくダムの水のうえ黒一点に鳥飛ぶ見ゆ

古九谷の皿の華麗をいただきぬ弥生三月しばらく褒めて

すこやかな土筆の土手に牛牽くはわかき父なり　たまさかの夢

小手毬の百のこまりの弾みおり母の墓前の風つよまりて

何もなき土曜の午後になりそうで三月の池に亀を見に行く

曇りのち雨のち晴れて連休の中日《なかび》の護岸にハクセキレイ来る

ひさかたの裸電球ぶらさげて豊田スダレ店は開店時間

新宿駅西口広場

西口の交番前で待ち合わせ迷うことなくまっすぐ行ける

夕立を見ながら人を待ちておりフォークゲリラのありし広場に

待ち人はなかなか来ない全身を耳のごとくにそよがせて待つ

新宿駅西口広場の端っこにあかあか灯りて献血ルーム

通勤の行きに帰りにわが見てし傷痍軍人を思うことあり

小田急のデパ地下に買うフランスパン新宿駅に来るたびに買う

六月の亀ともなりて広場より見上げていたり新宿の空

敗戦記念日

遥けくもわたりてきたる海猫がミウミウと鳴く真夏の昼を

海猫がしきりに鳴ける日暮れなり杖つく人を家まで送る

この夏の猛暑を行くに差す日傘母の形見の久留米絣の

さるすべり咲きて切なる祈りあり終戦記念日という敗戦記念日

Ⅲ

（2020—）

あたらしき朝

長老のような顔して猫が来る冬の朝を楽しむように

珈琲がはいりましたの声を聞くこのリビングのあたらしき朝

「ろくでなし」越路吹雪に歌われて、陰口は言ったもん勝ち

白き喪衣《もぎぬ》に身を包みたる老女いてわが高祖母らし明治の写真に

身のうちに湧きくるものの無きままに年寄り三人の雑煮をつくる

魚《うお》でありしことの愉快をおもいつつお重につめるおせちのごまめ

出囃子に姿勢ただせば右隣の連れもあわてて姿勢をただす

スカイツリーは新年特別ライティング見てと言われて見上げてみたり

大地

縄文の大地を歩きし女たち二本の太き足もつ土偶は

日没のあかるさのなか帰る鵜のただ一羽ありしばし見て立つ

場所終えし力士二人がママチャリでスーパーに来るいつものように

月光の下になお黄のかがやきてミモザに鬱ありわれに鬱あり

世が世なら我が家は何人扶持だろう令和に前期高齢者がふたり

水門は閉じられていてその前を引き返しくるキンクロハジロ

歩くたびゆれるピアスがうれしそう参道を行く若き女性の

不要不急

案外にいける今夜の一品は男料理のぶり大根ぞ

ときならぬ雪の降り敷く桜道じぶんだけの歩幅で歩く

春キャベツほどよき姿に結球しそのさみどりのいのちなりけり

緊急事態宣言出されしその夜に速達とどけにきた郵便配達員

明るくてどこか暗くて今年桜すずめの声に満たされながら

いつもよりきれいな時間が過ぎゆけり緊急事態宣言のなか

わたくしの不要不急は何だろう美容院に行くことをやめる

ででっぽうででっぽうと雉鳩の鳴くに目覚める午前四時なり

コロナ禍で途方に暮れる梅雨さなか白詰草がこっそりと咲く

にこやかさが売りの隣人小さめのマスクを今朝は張り付けている

夕されればわずかな風の猫じゃらし三密を避けて買い物に行く

バーモントの月

苦しい時は笑い合いたいどこからか聞こえてきたる「バーモントの月」
事なくて一人し歩くこの夜の空にあたらしき月冴えわたる

うろくずを深く眠らす底《そこい》まで濡らしゆくべし湾奥の雨

浅き眠りのなかにときおり蟬が啼くはるかなわれの記憶のように

老舗蕎麦屋がわれの町にも開店し足を運べば半月が照る

木槿咲く　今日には今日の日常がありてバス停に路線バス待つ

王林の香に満たさるる夜の時間ひとりの時間ただ安らぎて

回収されて

地下駅に回収されてゆくごとし階段くだる人らの足並み

雨の日の馬頭観音赤き傘を差しかけられて九月のはじめ

いつもよりゆっくり時を過ごしたり思いが邪魔にならないように

準備する間のなく秋はおとずれて風落ちしところに桔梗の咲けり

佃島の高層ビル群そを負いて夕やけが来るわが町まで来る

汗ばみて秋の深夜に目覚めたり一日分の老いをまといて

高島屋ウオッチメゾンを目指しゆく日本橋の空にうす雲わたる

中地さん

独りいてサイレンを聞く冬の居間タマミジンコが水面に寄る

うつうつの日はうつうつの歩みなり蟻一匹がわが歩を止める

隅田川に遊覧船ののこす波さざなみなれど岸まで届く

公孫樹の葉の散り敷く街路こんなにもしずかな秋に中地さん逝く

ゆく秋の夜の底に目のごとく供花の白菊　われを離さず

目の前にあるものみなが濡れており逝きたるひとりの悲しみにあり

喉元まで出かかった言葉を飲み込みて今日一日を平穏とする

限りなき時間というはせつなかろう椿がほたりと落ちてしまえり

インバネスをかるく纏いし老い人の御身のこなし　つぶさに見ており

羽根つきの音吸われゆく令和の空このコロナ禍の愉快のひとつ

藪椿

亡母《はは》の生まれ育ちし地に咲く藪椿カメリア・ヤポニカ意志あるごとく

遠き日は遠くのままに納沙布の地図が出でたり亡き弟の

背後から挨拶されて驚けばさらに驚く挨拶の人

昭和平成令和を生きて問診票の生年月日は西暦で書く

清澄二丁目

場所前になると空気がうごきだす相撲部屋多き清澄二丁目

本場所は今日が初日　臙脂色の着物の力士が地下鉄に乗る

日本橋川に架かれる日本橋ウーバーイーツと巡査が渡り来

横断歩道を力士ふたりがやってくるどちらも黒の不織布マスクで

宅配便にて鰆の粕漬け届きたり今夜の主菜は鰆と決める

山法師咲いて静かな雨のなか人気のパン屋に行列できる

しずもれる川面がふいに動きたりセグロカモメの二羽の着水

蒔田さん

四回目の緊急事態宣言下に蒔田さん逝く解除を待たずに

結社はサロンではないと言い続けし蒔田さくら子の九十二年

「つくづくと言葉の無力を思ひ知る」蒔田さくら子短歌のこころ

到来物のグリーンアスパラあく抜きの塩少々の塩にこだわる

仲見世の真ん中あたりになつかしきタバコ屋はあり「廣田屋」という

そのかみの歩行者天国歳末に力士つどいて餅つきをせり

旅先という語のひびきの懐かしさ水上バスより灯り漏れきて

ＤＡＫＳの服から出した尾を振りて子犬が出てくるエレベーターから

秋時間

美容院に流れていたる「茶色の小瓶」さざなみとなり私を揺らす

雨音は聞こえぬマンション九階の窓ゆ激しき雨を見ている

実柘榴のふたつに裂けて転がれる狭き歩道はわが散歩道

グレン・ミラーにゆだねる午後の秋時間「茶色の小瓶」を二度三度聴く

秋の日にかたじけなくも女郎花黄《きい》の小花を風に揺らして

さびしさのきわみと詠われし吾亦紅しゃんと立ちおり夕風の原

たらちねの母の遺品としまいおきしヨードチンキのガラスの小瓶

日暮れまで一時《いっとき》はある玄関に獺祭もちて友ふたり来る

白鷺は空の真中に暮れゆけり不織布マスクをして見送りし

忙中閑あるがごとくに咲ける花十月桜を足止めて見む

緊張がしだいに緩んでゆくようだ対岸の上に昼の月あり

つぎつぎと橋が大きくせまりくる小名木川沿いの遊歩道行けば

籠り居の昨日届きて今し読む春日真木子歌集『ようこそ明日』

ソーシャルディスタンス

和菓子屋のわきの空地に石蕗《つわ》のはな冬の日差しが伸びているなり

待合の椅子はソーシャルディスタンス人とバッグが交互に並ぶ

日を浴びて門松作る職人の四人の顔にマスクありたり

山茶花の花の向こうの河川敷ゆらゆらとして自転車二台

あらたまの境内にあそぶ群雀一羽一羽が光をはじく

山茶花の白の散り敷く本堂裏だれも踏まない場所踏みしめる

元日ははやくも暮れて橋上より凍える水の月を見ており

思わず手を合わせたくなる水の月明日のことなど考えられずに

船着場の柵より飛び立つしらさぎは羽の真白のかがやきにあり

頁繰る音のみ聞こゆる夜となりて二人きりなり二人の静けさ

小名木川

九階の廊下に見下ろす小名木川ヒドリガモ二羽岸辺にあそぶ

小名木川に係留されいる浚渫船今日は朝から小雨に濡れて

清澄に尾車部屋がなくなりて弥生三月はくもくれん咲く

尾車部屋の看板すでに外されおり清澄二丁目春の夕ぐれ

園児らも見上げる蕾の白木蓮しだいに空の雲切れてくる

まわし姿の力士ふたりがゴミ出しをしていたころなど思い出したり

晴天を嘉するような連なりにオープンカー行く清澄通りを

さらし置きし独活を酢味噌に和えてゆく器をあれこれ考えながら

江戸からの竹屋の竹はのびやかにつややかにして深川常盤

どぜう「伊せ喜」の跡地のビルのキッズルーム外国人保育士働く

夜の町ちいさな明かりをこぼしつつ息絶え絶えにくる都営バス

ジャズコンサート

海猫のしきりに鳴きてはや四月はるかウクライナに鳥の影見えず

寄りそって窓辺に咲ける木香薔薇ウクライナの黄はさびしくもある

月の夜の蕨市立文化ホールくるるに坂田明の歌とサックス

ウクライナの歌にあらねど「枯れたひまわりのバラード」今ここに聴く

今もって昭和

参議院議員選挙に出るという中条きよしの昭和の色気

今もって昭和の宮川唐がらし店引戸を開けて一歩入れば

耳遠きおばあちゃんの見事なる手さばきに売らるる七色唐がらし

古書店を素通りした日のゆうぐれは忘れ物したような心地に

北窓ににわかに曇る空があるヘリコプターの灯その空を行く

秋茄子

白木槿たかきに咲きてこの町の夕空に秋がひろがってゆく

やがて来る睡魔をまえにぼんやりと視線をむける江戸切子グラス

ふるさとの裏庭の栗夜の更けの眠りのなかに落つる音せり

神染むと己が作りし秋茄子を詠みたる青邨その深きいろを

これまでに使い込みたる庖丁に團十郎あり関孫六あり

秋茄子の煮びたし宜しささやかに暮らすふたりの食卓にのす

無人販売そっと覗けば無花果は籠に盛られて四《よ》つ売られけり

花束にひときわ白き竜胆のひと本ありてせりだせる見ゆ

ゆうあかね

空を航く高き一機のゆうあかね消えゆくまでを見上げて飽かず

時事詠のつもりで詠みたるコロナ禍は三年目となり日常となる

にちにちを渡る橋に沿うように水管橋ありその太き管

水色に塗りなおされてあざやかな水管橋にアオサギ留まる

こきざみに外階段を下りてくる風のようなるスカートの少女

押入れのなかより出で来し『幽霊船長』鮎川信夫鎮魂賦なり

夕日照る川のさざなみヒドリガモの一羽二羽来てまた二羽が寄る

山茶花のしろき顔《かんばせ》　面会のかなわぬ友の病状おもう

一歩一歩

歩行器に老いの身あずけて病廊をすすむ一歩一歩はひかり

来月も来週も来ないということ九十七歳の父の一世に

三年日記遺して逝けりおおいなる自負と時間を閉じ込めてあり

生前にはなかったはずの表情が遺影にかすかにあらわれている

生き方の分かるうちに逝きたしと言いしひとあり吾《あ》もそう思う

夜の明けを待つしばらくの時の間はしずかな水に満たされており

十六夜の月の残れるビルの上江東の空は広くて深い

ベンガル猫

雷鳴を尽くしてひと日暮れゆけりベンガル猫がしいんとしている

この猫はブラックベンガル見た目より人懐こくて名を「きよ」と言う

三年余していたマスクはずしたればあなたもわたしもあたらしき貌

行くべきか思いなやみしことあるも心療内科は意外に遠い

長ねぎを矛とかかえてかえりたり我が家までの三分ほどを

キッチンの壺にかがやく赤穂の塩おにぎりは自分の掌《て》で握りたい

官職のひとつとあれば陰陽師になりてもみたしと思わぬでもなし

嘉すべきことのひとつと目覚めにて今日も生あることを確かむ

あとがき

私の第四歌集である。「短歌人」二〇〇八年六月号から二〇二三年九月号までと総合誌に発表した作品から四四六首を収めた。少しの入れ替えはあるがほぼ制作年順に並べた。第三歌集『水彩都市』から十五年が経っていた。

過ぎてみれば早いようだがこの間にはさまざまなことがあった。「短歌人」を長い間支えて来られた蒔田さくら子さん、中地俊夫さん、西勝洋一さんが亡くなられ、その存在の大きさを思い出す日々である。なかでも中地さんからは、引き継いだ発行人の何たるかを懇切にご指導いただいた。個人的なことで大きかったのは、定年後も再雇用で四年間勤めた職場を退職したことであろうか。家族としては義母、母、義父の順に見送った。二人の子は良き配偶者を得て家を離れ、夫婦ふたりだけの生活になった。そんななかで思いがけない事が起きたのは二〇二〇年二月、脳梗塞を発症したことである。後遺症がまったくないわけではないが、さいわい日常における支障はすくなく、ありがたいと思いながら生活している。これを機に「短歌人」の発行人を辞し、今井千草さんに引き継いだ。二〇二二年末をもって編集委員もやめ、「短歌人」の一同人に戻ったのである。

こうしてかいつまんで振り返っても、人生の後半に起こりそうな大きな出来事が集中した十五年だったと言えよう。やはり十五年という歳月は長いのかもしれない。

歌集題は『水の月』とした。江東区は川の町、私の住むマンションのすぐ下を小名木川が流れる。昼には海猫、ゆりかもめ、ヒドリガモ、青鷺などが飛来し日々の生活にいろどりを添えてくれる。夜には、気象条件がととのえばだが、水面に浮かぶ月を見ることができる。暗闇にかすかに揺れる月、私はそれを「水の月」と呼んでいる。

「短歌人」に入会して半世紀。九年間の休詠があったとはいえ、ずいぶん長く「短歌人」にお世話になっている。こんなに長い間短歌を作りつづけてこられたのは、「短歌人」という結社に所属していたからだと改めて思う。皆さまにお礼を申し上げます。

また、短歌をとおして結社外の方々との良き出会いもあった。小規模ながら十年以上続いている歌会では、ともに学び、刺激を受け、有意義な時間を過ごしている。いつも有難うございます。

歌集出版に際しては、六花書林の宇田川寛之様にすべてお願いしました。ご多忙にもかかわらず真田幸治様には装幀をお引き受けいただきました。お二人に心からの感謝を申し上げます。

二〇二三年十月

川田由布子

著者略歴

川田由布子（かわだ ゆうこ）

1947年　千葉県生まれ
1971年　短歌人会に入会
　　　　現在同人
1993年　第一歌集『かるい水』刊行
2000年　第二歌集『天維』刊行
2008年　第三歌集『水彩都市』刊行
現代歌人協会会員
日本歌人クラブ会員

住所
〒135-0021
東京都江東区白河 1－7－18－901

水の月

2023年12月19日 初版発行

著　者――川田由布子

発行者――宇田川寛之

発行所――六花書林
〒170-0005
東京都豊島区南大塚3－24－10 マリノホームズ1A
電 話 03-5949-6307
FAX 03-6912-7595

発売――開発社
〒103-0023
東京都中央区日本橋本町1－4－9 フォーラム日本橋8階
電 話 03-5205-0211
FAX 03-5205-2516

印刷――相良整版印刷

製本――仲佐製本

定価はカバーに表示してあります
ISBN978-4-910181-58-5 C0092